Le Petit Prince

サン゠テグジュペリ
Antoine de Saint-Exupéry

内藤あいさ 訳
Naito Aisa

文芸社文庫

星 の 王 子 さ ま

サン=テグジュペリ　内藤あいさ 訳

LE PETIT PRINCE

Antoine de Saint-Exupéry

1943

この本で利用されている図版はすべてサン＝テグジュペリ権利継承者から
原版を提供され、複製されたものです。

タイトル『星の王子さま』は、1953 年に岩波少年文庫から
刊行された際、訳者・内藤濯氏により創案されたものです。

レオン・ウェルトに

　僕はこの本をある大人に捧げた。そのことを謝らないといけないね。
　でも、それにはちゃんとした理由があるんだ。その大人は親友なんだ。それから、もう一つ。その人は子供の本でも理解できる人だよ。それから３番目の理由は、その人はフランスに住んでいて、空腹で寒い、そんな思いをしている人なんだ。彼をどうしてもなぐさめないといけないんだよ。これだけ言い訳をしても足りないのだとしたら、こう言おう。その人もむかしは子供だったから、その子供にこの本を捧げたい。大人も、むかしは子供だった（でも、そのことを覚えている大人は本当に少ないね）。だから、この献辞をこう書き直すよ。

子供のころのレオン・ウェルトに

1

　6歳のときに読んだ「本当にあった話」という原始林のことを書いた本のなかで、素晴らしい絵を見たことがあります。それはウワバミが一匹のけものを飲み込もうとしている絵でした。これがその絵のコピーです。

　その本には「ウワバミは獲物を噛まずにそのまま飲み込む。すると、ウワバミは動けなくなって眠ってしまう。消化には6ヶ月もかかる」と書いてありました。僕はそ

れを読んで、ジャングルでは何がおこっているのだろうと考えてみました。それから、色えんぴつで、生まれてはじめて絵を描きました。僕のはじめての絵です。それはこのような絵でした。

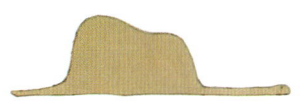

「この絵、こわくない？」
　と僕はその絵を見せながら大人たちに言いました。
　すると、大人たちは
「どうして帽子が怖いんだい？」
　と言いました。
　僕の絵は帽子ではありません。ゾウを消化しているウワバミの絵です。大人たちにそう言われてから、今度はわかってくれるだろうとウワバミの中身を描いてみました。大人は理由を説明してあげないと理解できないのです。僕の2番目の絵はこれです。

　すると、大人たちは、外側を描いても内側を描いても「ウワバミの絵なんてやめて、地理と歴史と算数と文法の勉強をしなさい」と言いました。素晴らしい仕事ですが、僕が6歳で絵描きになるのをやめてしまったのは、生まれて初めて描いた絵も、その次に描いた絵も、理解されなかったからです。大人たちは自分たちだけでは何もわからないのです。何もかも説明しなければならないのでは、子供は疲れてしまいます。

　仕方がなく、僕は別の職業を選びました。飛行機の操縦を覚えました。そして、世界中を飛び回りました。地理は役立ちました。僕は中国とアリゾナ州の違いがすぐにわかります。夜間飛行では、地理の勉強はとても役立ちました。

　僕はそんなこんなで多くの偉い人たちと知り合いました。飽きるほどに大人たちに囲まれて生活しました。大

人たちを間近に見てきました。でも、僕の考えはほとんど変わりませんでした。

　ものわかりのよさそうな人に会うたびに僕は持ち歩いている初めて描いた絵を見せました。本当にものわかりがよいのかを知りたかったのです。でも、その人の返事はきまって「それは帽子だね」でした。だから、僕はウワバミの話も、原始林の話も、星の話もやめて、その人にわかりそうな話題にかえました。ブリッジ遊び、ゴルフ、政治、ネクタイなどの話です。そうすると、大人は僕のことを「ものわかりのよい人間だ」と言って満足するのでした。

2

　6年前にサハラ砂漠で飛行機が故障するまで、僕はきちんと話をする相手に出会えずにひとりで暮らしていました。あるとき、飛行機のモーターが故障しました。他のパイロットも乗客もいないから、僕はひとりで難しい修理をする必要がありました。僕にとっては、生死を分

けるような大問題でした。８日間、飲み水が持つかどうかという状況だったのですから。

　不時着した初日の晩に、僕は人里から何千マイルも離れた砂漠で眠りました。難破してイカダで太平洋をただよっている人よりも孤独でした。夜が明けるとどこからともなく小さな声が聞こえてきて、僕はそれで目が覚めました。僕がどれだけ驚いたか、おわかりでしょう。声はこう言っていました。
「ヒツジの絵を描いて！」
「えっ？」
「ヒツジの絵を描いて！」

　僕は、びっくりして飛び上がりました。何度も目をこすって、あたりを見回しました。すると、小さな男の子が僕を見ていたのです。絵を見てください。これが、僕があとになって描きあげたいちばん上出来の男の子の絵です。

もちろん、実物と絵は違っていますよ。でも、それは僕のせいではありません。6歳のときに、大人たちに絵描きになることを断念させられてからというもの、ウワバミの内側と外側の絵以外はまるきり描くことをしなかったのですから。
　僕はびっくりして、目の前に現れた男の子を見つめました。僕は人里から何千マイルも離れたところにいたのです。なのに、この男の子は道に迷っているわけでも、疲れて仕方がないというわけでも、お腹が減って仕方がないというわけでも、のどがかわいて仕方がないわけでも、こわくてたまらないというわけでもないようでした。どう見ても、人里から何マイルも離れている砂漠の真ん中で途方に暮れている子供には見えませんでした。僕は落ち着いてから言いました。
「そこで、何をしているの？」
　すると、男の子は、それがとても大切なことのように、ゆっくりと繰り返しました。
「ヒツジを描いて！」
　不思議さの限度を超えるとイヤだとは言えなくなるも

のです。人里から何千マイルも離れたところで死ぬかもしれない、この状況でヒツジの絵を描くなんてバカバカしい気がしました。でも、僕はポケットから1枚の紙と万年筆を取り出しました。そのとき、僕は不意に地理と歴史と算数と文法の勉強しかしなかったことを思い出しました。そこで、その男の子に（少しむっとしながら）
「絵は描けないよ」
　と言いました。
　すると、男の子はこう言いました。
「そんなことはどうでもいいことだよ。ヒツジの絵を描いて！」
　僕はヒツジの絵など描いたことはありませんでした。だから、もう一度、絵は描けないと答えました。そして、代わりにゾウを飲み込んだウワバミの絵を描きました。すると、驚いたことに、男の子はこう言ったのです。
「ちがうよ。ゾウを飲み込んだウワバミが欲しいわけじゃないんだ。ウワバミはとっても危険だからね。それにゾウは大きすぎるよ。ぼくのところは小さいんだ。ヒツジが欲しいんだよ。ヒツジの絵を描いて！」

だから、僕は描きました。

男の子は描くのをじっと見てから、こう言いました。

「ダメだよ。病気で今にも死にそうだもの。描き直してよ」

僕は描き直しました。

友達は優しくにっこりと微笑みました。大目に見てくれるかのようでした。

「見て。これはヒツジではないよ。ツノが生えているもの」僕はまた、描き直しました。

でも、いままでの絵と同じように、男の子はそれが気に入りませんでした。

「ヨボヨボだよ。ぼくは長生きしてくれるヒツジが欲しいんだ」

と言いました。

僕は我慢の限界にきていました。飛行機のモーターの

取り外しを急いでいたので、こんな雑な絵を描きました。
　そして、投げ出すかのように男の子に見せました。

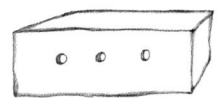

「これは箱だ。君の欲しいヒツジはこのなかにいるんだ」
　ぶっきらぼうにそう言うと、男の子の顔がみるみる明るくなったので驚きました。
「これだよ、こんなのが欲しかったんだ。このヒツジは草をたくさん食べるかな？」
「なんで？」
「だって、ぼくのところは本当に小さいんだ」
「心配いらないよ。僕は小さなヒツジを描いたから」
　男の子は絵を見ながら言いました。
「そんなに小さくないよ。あっ、ヒツジが寝ちゃった」
　こうして、僕は星の王子さまと知り合いました。

3

　王子さまがどこから来たのか、それがわかるまでに時間がかかりました。王子さまは僕に多くの質問をするのですが、僕の質問することは聞いていないようでした。ちょっとした拍子に王子さまが言ったことから、少しずつ王子さまのことがわかってきました。

　たとえば、王子さまが初めて僕の飛行機を見たときに（飛行機の絵は描けません。あまりにも複雑で僕の手には負えないのです）、こういう質問をしました。

「そこにある物は何？」

「物じゃないよ。これ、飛ぶんだ。飛行機だよ。僕の飛行機だよ」

　僕は鼻高々で鳥のように飛べるんだと言いました。すると、王子さまは大声でこう言いました。

「なんだって！　きみは空から落ちてきたの？」

「そうだよ」

と僕は言いました。
「おもしろいなぁ」
　王子さまはそう言うと、かわいらしい声をあげて笑いました。僕は腹が立ちました。僕の不運をもっと真剣に受け止めてほしかったのです。そう思っていると、王子さまはこう言いました。
「きみも空からやってきたんだね！　どの星から来たの？」
　その瞬間に、王子さまの姿が光ったような気がしました。僕は息を弾ませながら聞きました。
「君はどこかほかの星から来たんだね？」
　王子さまは返事をしませんでした。僕の飛行機を見ながら、首を振っています。
「そっか、そう遠くから来たわけではないみたいだね」

そう言うと、王子さまは少し考え込みました。それから、ポケットから僕の描いたヒツジの絵を取り出すと、大切なものを見守るように見つめました。
　王子さまは『どこかほかの星』のことを言っているようでした。その王子さまの口ぶりに、僕はどんなに驚いたことでしょう。それについて、もっと詳しく知りたいと思いました。
「君はどこから来たの？『ぼくのところ』って、それはどこ？　僕の描いたヒツジをいったいどこに連れて行くの？」
　黙って考え込んでから、王子さまは答えました。
「きみがくれた箱があってよかったよ。これ、夜にはヒツジのおうちになるもの」
「そうだね。君がいい子にしていたら、綱もあげよう。昼間はそれでヒツジをつないでおくといいよ。それから、棒もあげよう」
　この提案は王子さまを不機嫌にしてしまったようでした。
「つなぐだって？　変なことを言うね」

「つないでおかないと、どこかへ行ってしまうよ。迷子になってしまうさ」
　友達は声をあげて笑いました。
「どこかへ行くって、どこに行くっていうの！」
「どこへでも行けるさ。まっすぐ歩いて」
　すると、星の王子さまは真顔で言いました。
「大丈夫だよ。ぼくのところは本当に小さいんだから」
　そう言うと、少し悲しそうにつぶやきました。
「まっすぐ歩いて行っても、そう遠くには行けないんだ」

4

　僕は、もう一つ、とても大切なことを知りました。それは、王子さまの星は家くらいの大きさだということです。

　でも、僕は驚きはしませんでした。地球、木星、火星、金星のような名前がついている大きな星のほかにも無数の星があって、それらは望遠鏡でも見つけられないほど小さいということを知っていたからです。天文学者は、そういう星を見つけるたびに、その星に小惑星325番といった感じで番号をつけています。

　王子さまの星は小惑星B612番だと思います。1909年にトルコの天文学者が望遠鏡で一度見たきりの星です。

　その天文学者は、国際天文学会で発見した星について発表しました。でも、着ている服が立派ではなかったので、誰もその天文学者の言うことを信じませんでした。大人というのは、そのようなものなのです。

　幸運にも、小惑星B612番の評判を傷つけないようにトルコの王様が『ヨーロッパ風の立派な服を着ないと死刑にする』というルールを作りました。

　そこで、1920年にこの天文学者はとても立派な服を着て発表しました。すると、今度は、みんながこの天文学者の言うことを信じました。

　僕がこのように小惑星B612の話を持ち出したのは大人が悪いからです。大人は数字が好きです。新しい友達

ができても大切なことは何も聞きません。「どんな声をした人なの？」「どんな遊びが好きなの？」「チョウの採集をしたことがある？」ということは聞かないのです。その代わりに「いくつ？」「兄弟は何人？」「体重はどのくらい？」「お父さんの収入はどのくらい？」といったことを知りたがるのです。それを知ると、その人のことを理解したと思うのです。

　大人たちに「桃色のレンガの建物で、窓にゼラニウムの鉢が置いてあってね、屋根の上にハトがいる、そんなきれいなお家を見たよ」と言っても、彼らはピンとこないのです。大人たちには「10万フランの家を見た」と言わないとダメなのです。そう聞くと、大人たちは「な

んて立派な家なんだろう」と声をあげます。
「星の王子さまはすてきな人で、いつもにこにこしていた。ヒツジを欲しがっていた。それが王子さまがこの世にいた証しだ」と言っても、大人は理解するどころか「君は子供だな」とあきれ顔で言うだけです。でも、王子さまのふるさとは小惑星B612番だと言うと、大人たちは納得した顔をして、それきり何も知ろうとしなくなります。大人というのは、そのようなものなのです。悪く思ってはいけません。子供は大人を大目に見てあげてください。

　だけど、僕たちには、物そのもの、出来事そのものが大切なのです。番号なんてどうでもいいのです。僕はこの話をおとぎ話のように始めたかったのです。こんなふうに話したかったのです。
「むかし、むかし、あるところに一人の王子さまがおりました。その王子さまは自分よりも少しだけ大きな星に住んでいました。王子さまは友達を欲しがっていました」
　このように話をはじめると、物そのもの、出来事そのものが大切だと思っている人にはより本当のこととして感じられたことでしょう。

僕は、この本を寝そべりながら読んでもらいたくないのです。僕は王子さまの思い出を話すと胸が痛みます。あの友達がヒツジを連れてどこかへ行ってしまってから6年が経ちました。友達について書くのは、彼の事を忘れたくないからです。友達を忘れるのはあまりにも悲しいから。だれもが友達を持っているわけではありません。いつか、僕も数字にしか興味がない大人と同じような人間になるかもしれません。だからこそ、絵の具とえんぴつを買いました。6歳のときに、ウワバミの内側と外側を描いたきりで、ほかには何の絵も描いたことのない僕が、この歳になって、また絵を描くのです。いろんな人をなるべく本物に近いように描くことにします。でも、上手く描ける自信はありません。1つの絵は上手に描けても、他のは実物と似ても似つかないものになると思います。背の高さが少しずつ違ってきてしまいます。王子さまは、ある絵では大きすぎ、ある絵では小さすぎるのです。服の色も、これでいいのか、と思ったりします。そうなると、どうにかそれらしいものにするほかはないのです。僕はもっと重要なところでも、間違ってしまい

そうです。でも、大目に見てください。僕の友達は詳しく説明などしてはくれなかったのです。僕のことを自分と似た人間だと思っていたのかもしれません。残念ながら、僕は箱の中のヒツジを見る目は持っていないのですがね。僕も大人になってしまったのかもしれません。年をとってしまいました。

5

　日を重ねるごとに、僕は王子さまの星のこと、旅立ちのときのこと、そして、それから経験した旅のことを知りました。ただ何となく聞いているうちに、わかってきたのです。3日目には、バオバブの惨事について知りました。

　話の発端はヒツジでした。突然、王子さまが心配そうに僕にこうたずねたのです。
「ヒツジは小さい木を食べるんだよね？」
「そうだよ」
「そうか、それはよかった」

ヒツジが小さい木を食べることが、そんなに重要なことだとは僕には思えませんでした。でも、王子さまは、こう続けました。
「バオバブの木も食べるんだよね？」
「バオバブの木は小さくないよ。教会のように大きな木だから、王子さまがゾウの群れを連れていっても、1本のバオバブの木すら食べ切れやしないよ」
　と僕は王子さまに言いました。
　ゾウの群れと言ったのがおかしかったようで、王子さまは笑いました。
「ゾウだったら重ねないといけないね」
　それから、賢そうに言いました。
「大きなバオバブの木だって、最初は小さかったんだよ」
「その通りだけれど、でも、なぜ、ヒツジに小さなバボバブの木な

んて食べさせたいんだい？」
「理由がわからないの!?」
　と王子さまはそれが常識か何かのように言いました。だから、僕はその理由を一人で考えなければなりませんでした。
　その理由とはこうです。王子さまの星も、ほかの星と同じように、いい草と悪い草が生えていました。いい草の種と、悪い草の種とがあったのです。でも、その種は目には見えません。地面の奥深いところに種は眠っていて、不意に種が目を覚ますのです。目覚めた種は背伸びをします。そして、美しく無邪気な茎を太陽に向けて伸ばします。赤カブやバラの木だったらそのまま伸ばして大丈夫。でも、悪い木だったら見つけ次第、抜かないといけません。王子さまの星には、恐怖の種がありました。バオバブです。星の地面はバオバブの毒にやられていました。バオバブというのは、小さなうちに抜き取ってしまわないと、どうすることもできなくなります。星の全面にはびこります。その根は星を突き抜けてしまいます。バオバブがたくさんあると、それだけで星が破裂してし

まうのです。

　王子さまは、のちに僕にこう言いました。
「きちんとしていればいいだけのことだよ。朝の身支度を済ませたら、丁寧に星の顔を洗わないといけないんだ。小さいバオバブは、バラの木にそっくりなんだよ。見分けがつくようになったら、すぐに残らず抜かないといけない。面倒だけど簡単だよ」

　ある日、王子さまはフランスの子供がバオバブについて忘れないように、僕に絵を描くことを勧めました。
「子どもたちが旅行するときに役立つかもしれないよ。

先延ばしにしても大丈夫な仕事もあるけれど、バボバブは違うんだ。放っておくと、とんだ惨事になるよ。ぼくは怠け者が一人で暮らしている星を知っているよ。彼はバオバブの木を３本も放っておいたものだから……」

　僕は王子さまに教えてもらってから、その星の絵を描きました。説教臭いのは嫌いです。でも、バオバブの危険性についてはほとんど知られていません。もし、宇宙で迷子になったら、バオバブに気を付けなければいけません。だから、僕はこう言いたいのです。

「みんな、バオバブに気を付けて！」

　僕がバオバブの木を描いたのは、友人たちが僕みたいに、バオバブについて知らないからです。長い間、みんな危険にさらされているのです。だから、忠告したほうがいいと思いました。もしかしたら、読者のみなさんは「この本はバオバブの絵は立派だけれど、どうして、ほかの絵はそうでもないんだろう？」と不思議に思うかもしれません。答えは簡単です。ほかの絵は上手く描けなかったからです。バオバブの絵を描いていたときは、ぐずぐずしていられないと必死になっていたものですから。

6

　王子さまは物悲しい日々を送っていたことが、僕にはだんだんわかってきました。何年もの間、王子さまの心が癒されるのは、静かな日の入りだけだったのです。
　4日目の朝、王子さまのことばで、このようなことがわかりました。
「ぼくはね、日の入りが好きなんだ。太陽が沈むところを眺めにいこうよ」
「待たなくちゃいけないね」

「待つって何を待つのさ」
「日の入りだよ」

　王子さまは驚いた顔をしました。でも、王子さまは自分で自分のことがおかしくなって、こう言いました。
「ぼく、いつまでたっても、自分の星にいるような気がしているんだ」

　そうなのでしょう。アメリカで昼の12時のころ、フランスでは日没です。だから、フランスに瞬間移動できるなら、日の入りが見られるのです。でも、フランスはあまりにも遠いですね。これが王子さまの小さな星だったら、いすの方向を変えるだけで、見たいだけ夕日が見られるわけです。
「ぼくは、日の入りを44回も見たことがあるよ」

　少ししてから、王子さまはこうも言いました。
「知ってる？　悲しいときには、夕日が好きになるものなんだよ」
「1日に44回も夕日を見るなんて、君はずいぶん悲しかったんだね」

　王子さまは返事をしませんでした。

7

　5日目に、ヒツジのおかげで王子さまの秘密がわかりました。長い間、黙って考えてから、突然に王子さまはこんな質問をしたのです。
「小さい木を食べるんだから、ヒツジは花も食べるよね」
「何でも食べるよ」
「トゲのある花も食べるかな？」
「食べるよ」
「じゃあ、何のためにトゲがあるの？」
　僕にはわかりませんでした。そのとき、僕は締まりすぎていたモーターのボルトを外すことに集中していました。飛行機の故障がひどいようだったから、僕は気が気ではなかったのです。それに、飲み水もなくなりそうだったのです。
「トゲは何のためにあるの？」

王子さまは相手が返事をするまで質問し続けます。僕はボルトのことで、イライラしていたから、適当に答えました。
「何の役にも立たないよ。花はいじわるだからトゲを持っているだけなんだ。あっ！」
「そっか」
　王子さまは黙ってから、少し腹を立てたようにこう言いました。
「うそだよ！　花は弱いんだ。それに純粋だよ。身を守っているんだ。自分の武器としてトゲを持っているんだよ」
　僕は何も答えはしませんでした。そのとき『このボルトが外れないなら、カナヅチで叩き飛ばそう』と考えていたからです。でも、王子さまは、また僕の邪魔をしてきました。
「きみは本当にそう思っているの？」
「ちがうよ。何とも思っていないさ。適当に返事をしたんだ。大事なことをしているんだよ」
　王子さまはびっくりして僕を見つめました。
「大事なことって？」

王子さまは、僕を見ました。王子さまは汚いと思ったのでしょう。指は機械あぶらで真っ黒、手にはカナヅチを持ったままで僕はかがみ込んでいました。
「大人みたいな言い方をする人だな！」
　僕は恥ずかしくなりました。でも、王子さまはかまわず続けました。
「きみは、何もかもゴチャゴチャにしているよ。むちゃくちゃだ」
　王子さまは頭にきていたのです。金髪を揺らして言いました。
「ある星に真っ赤な顔をした男の人がいるけれど、彼は花の香りをかいだことも、星を眺めたこともないんだ。誰も愛したことがない。やっていることは足し算ばかりだよ。一日中『忙しい。忙しい』と口にしながら、いばっているんだ。あれは人ではなくてキノコだね」
「何だって？」
「キノコさ」
　王子さまは青ざめながら、腹を立てて言いました。
「何百年もまえから、花はトゲを持っている。ヒツジも

同じで、何百年もまえから花を食べている。それなのに、花が苦労してトゲを作っている理由を知ろうとすることが大事なことじゃないって言うんだね？　花がヒツジに食べられてしまうことが大事なことじゃないって言うんだね？　太った赤ら顔の男の足し算よりも、大事なことではないって言うんだね？　ぼくの星には、ほかのどこにもないめずらしい花があるんだ。ある朝、ヒツジがその花を食べてしまうかもしれない。きみはそれを大事なことではないって言うんだね！」

　王子さまは、顔を赤くして続けました。
「もし、何百もの星のどこかに咲いている一輪の花が大好きな人がいるとしたら、その人は星を眺めるだけで幸せな気持ちになるよ。『ぼくの好きな花がどこかにある』って思えるから。ヒツジが花を食べるってことは、その人にとって星という星がすべて消えてしま

うようなものだよ。でも、それが大事なことではないと言うんだね！」

　王子さまは、それきり何も言いませんでした。そして、泣き出してしまいました。夜になっていました。僕は修理道具を放り出しました。カナヅチもボルトさえも。のどが渇いていることすら、もうどうでもよかったのです。ひとつの星である地球にいる小さな王子さまを、僕はなぐさめたかったのです。僕は王子さまを抱き上げて静かに揺すりました。そして、言いました。
「きみの花はだいじょうぶ。ヒツジには口輪を描いてあげるから。花のまわりには囲いを描いてあげるから」

　でも、ほかに何と言ったらいいのか、僕にはわかりませんでした。上手く言えませんでした。どうしたら王子さまの気持ちが理解できるのか、どうしたら王子さまの気持ちになれるのか、それがわかりませんでした。

　涙のふるさとは本当に不思議なところなのです。

8

　すぐに僕はその花がどんな花なのかを知ることになりました。もともと、王子さまの星には場所を取らない花がたくさん咲いていました。朝に草のなかで咲いて、夕方には枯れてしまうような花でした。王子さまが話をしているのは、その花ではなくて、ある日、どこからともなく種が飛んできて芽を出した花のことです。その花の芽は、

ほかの花の芽とは違っていたので、王子さまは四六時中、その花の芽を見守っていました。新しい種類のバオバブの木かもしれなかったからです。やがて茎が伸びて小さな木になると、それきり成長しなくなり花をつけ始めました。大きなつぼみがつきました。王子さまは奇跡のように美しいものが見られるような気がしてなりませんでした。でも、花はなかなか準備を終えません。何色になるかを念入りに考えていたのです。ゆっくりと服を着替えました。花びらを１枚ずつきれいに整えました。ヒナゲシのように、しわくちゃの顔で登場したくなかったのです。光り輝くほどにきれいな姿で顔を出したかったのです。そうです。おしゃれだったのです。だから、不思議な身支度には何日もかかりました。

　ある日の朝、太陽が昇るころに、とうとう花が顔を出しました。

　丁寧に準備をした花は、あくびをしながら言いました。
「まだ、眠いわ。ごめんなさい。わたし、まだ、髪の毛をとかしていないの」

　王子さまは『なんて美しい花なんだ』と思わずにはい

られませんでした。
「きれいだね！」
「ほんとうですか？」
　と花はゆっくりと答えました。
「わたしは、太陽と一緒に生まれました」
　王子さまは『この花は謙虚ではないな』と思いました。でも、言葉にできないほど美しかったのです。
「朝食の時間ですね。わたしにも何かいただけますか？」
　王子さまはあわてて、汲んだばかりの水をジョウロに入れて、花にお水をあげました。
　花はわがままを言って、王子さまを困らせるようになりました。たとえば、ある日、花は王子さまに４つのトゲについて話し始めました。

「鋭い爪を持ったトラが来るかもしれません！」
「ぼくの星にはトラはいないよ。それにトラは草を食べないよ」
　と花の話をさえぎって、王子さまは言いました。
「わたしは草ではありませんよ」
　と花はゆっくりと答えました。
「ごめん」
「トラは怖くないけれど、風は怖いわ。ついたてはありませんか？」
　王子さまは『植物なのに。気難しい花だな』と思いました。
「夕方になったら、覆いガラスをしてください。ここは寒いわ。わたしがいた星では」
　花は言いかけてやめました。花がいたのではなく、種のときにいただけだからです。花

はほかの世界なんて知らないのです。すぐバレるウソを言いかけたのが恥ずかしくなって花は数回ほど咳をしました。
「ついたては、どうしなりましたか？」
「取りに行こうとしたら、きみが話し始めたから」
　花はわざとまた咳をしました。王子さまは申し訳ない気持ちになりました。
　王子さまは花を愛していましたが、疑うようになってしまいました。花が言うことをまじめに受け止めるのがつらくなったのです。

ある日、王子さまは僕に心の内を言いました。
「花の言うことなんて、聞いてはいけなかったんだ。花の言うことなんて聞き流しておけばよかったんだ。花は眺めるためのものだよ。香りを楽しむためのものだよ。花はぼくの星を香りで満たしたけれど、ぼくは少しも楽しくはなかった。トラの爪の話を聞いて、じっとしていられなかった。花のことを思うのが、当たり前になっていたんd」

　それから、こうも言っていました。
「あのとき、ぼくは何もわかっていなかった。言葉より

も行動で判断しないといけなかったんだ。花のおかげで、いい香りに包まれていた。明るい光を感じた。ぼくは、本当はあの花のもとを去ってはいけなかったんだ。言動の裏にある優しさを見抜かないといけなかったんだ。花は矛盾したことばかりしていたんだから。ぼくは、あまりにも小さくて、あの花を愛するということがわからなかったんだ」

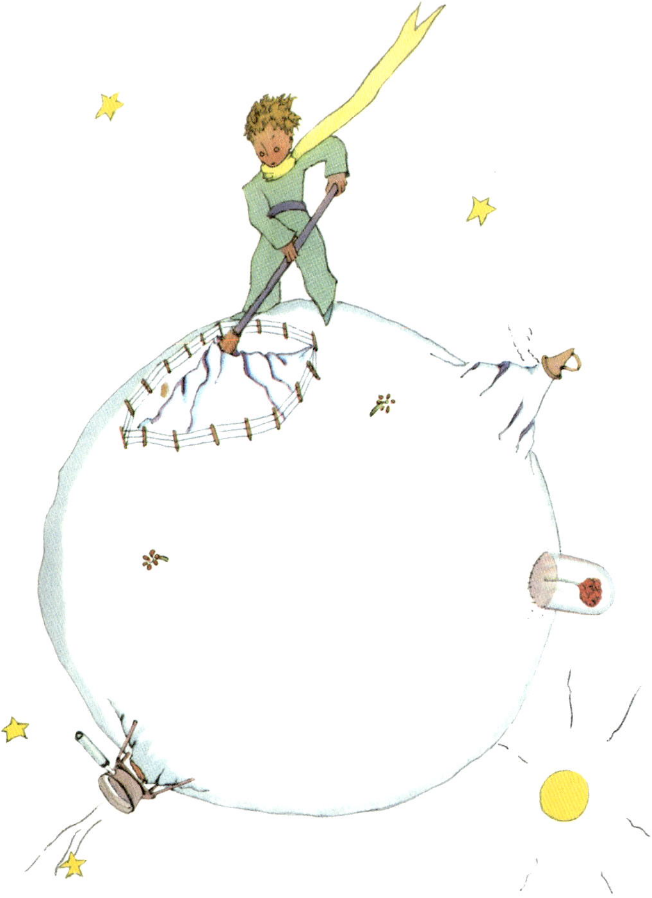

9

　渡り鳥が移動するのを見て、王子さまはふるさとの星を出発したのだと思います。出発の日の朝に王子さまは星を掃除しました。特に活火山を念入りに掃除しました。

　王子さまの星には活火山が2つありました。これは朝食を作るときにとても便利でした。

　王子さまは休火山もきれいにスス払いをしました。火山はスス払いさえしておけば爆発などせず規則正しく煙をはきます。

　火山の爆発は煙突から火が出るようなものなのです。僕たち人間はあまりにも小さいから、この地球の火山を掃除するわけにはいきません。だから、火山の爆発に悩まされるのです。

　王子さまは生えたばかりのバオバブの芽を憂鬱そうに抜き取りました。

　もう帰ってこないつもりだったのです。いつものこと

が、その日は身にしみました。最後に、花に水をあげて覆いガラスをかけようとしたときに、王子さまは涙がこぼれそうになりました。
「さよなら」
　と王子さまは花に言いました。花は黙っています。
「さよなら」
　王子さまは、もう一度、言いました。
　花は咳をしました。かぜを引いているからではありません。
「わたし、バカだったわ」
　と花は口を開きました。
「ごめんなさい。しあわせでいてね」
　王子さまは花が自分を責めないことに驚きました。覆いガラスを持ったままで立ち尽くしていました。花の優しさが理解できませんでした。
「わたしは、あなたのことが好きです。あなたがそれに気付かなかったのは、わたしが悪いの。でも、そんなことはどうでもいいわ。わたしも、あなたも、おバカさんね。しあわせでいて。覆いガラスは置いてお

て。もう必要ないわ」
「でも、風が吹いてくるよ」
「わたしはかぜを引いているわけではないの。夜に涼しい風に吹かれたいの。花なのですから」
「虫が来たらどうするの？」
「わたしはチョウとお友達になりたいの。だから、２、３匹のケムシは我慢しなくちゃね。チョウは美しいみたいね。チョウ以外に誰がわたしをたずねにきてくれるかしら？　あなたは遠くへ行ってしまうのだから。大きな獣も怖くなんてないわ。だって、わたしも爪を持っているんだから」
　花はそう言うと、４つのトゲを見せてから、こう言いました。
「ぐずぐずしないで。旅立つことを決めたのなら、さっさと出発してしまいなさい」
　花は泣き顔を見られたくなかったのです。弱さを見せない、そんな花だったのです。

10

　王子さまは325、326、327、328、329、330と小惑星をめぐりました。王子さまは、星の見学を始めたのです。仕事をさせてもらいながら勉強しようと思っていました。

　1番目の星には王様が住んでいました。質素ながらも威厳のある玉座に座っていました。暗赤色の服に白い毛皮を着ていました。

「家来が来たのだな」

　王子さまを見つけると大声で言いました。

　王子さまは『一度も会ったことがないのに、どうしてそんなことがわかるのだろう？』と思いました。王様から見た世界は単純なものなのです。王様にとっては、人間はみな家来なのです。王子さまはそれがわかりませんでした。

「近くに寄れ。そうすれば、もっとよく見える」

やっと誰かの王様になれたので、王様はご機嫌で言いました。
　王子さまは座るところを探して周囲を見回しました。王様の毛皮で星の表面がすっかりふさがれていたのです。だから、立ったままでいましたが、疲れてきてあくびをしました。すると、王様が言いました。
「王様の前であくびをするとは何事だ。あくびは禁止だ」
「がまんできません」
　王子さまは当惑して言いました。

「長旅をしてきたし、眠ってないのです」
「それならよし。あくびをしろ。命令する。私は何年もの間、人があくびをするのを見たことがない。あくびというのは面白いものだな。もう一度、あくびをしなさい。命令する」
「ドキドキして、もう、あくびはでません」
　王子さまは真っ赤になって言いました。
「そうか。では、こう命令する。あるときは、あくびをしなさい。そして、あるときは……」
　王様はあれこれ考えながら、口ごもってしまいました。
　王様にとって何より大切なのは権威なのです。命令に背くことは許せません。絶対君主なのです。でも、根はいい人なので、無理な命令を出すことはありません。
『私が長官に海鳥になれと命令したとする。でも、長官は命令には従わない。それは長官が悪いからではない。私の命令が悪いのだ』と考える王様でした。
「座ってもいいですか？」
　と王子さまは遠慮がちに聞きました。
「座りなさい。命令する」

王様はそう言ってから毛皮を自分のほうに引き寄せました。
　王子さまは『この小さな星で王様は何を支配しているのだろう？』と不思議でした。
「王様、おたずねしたいことがあります」
「たずねなさい。命令だ」
　王様は急いで言いました。
「王様は何を支配しているのですか？」
「すべてだ」
　王様の答えはシンプルでした。
「すべて？」
　王様は冷静に自分の星からほかの星々をずっと指差しました。
「すべてですか？」
「そうだ。すべてだ」
　と王様は答えました。
　王様はその星の絶対君主であるだけでなく、宇宙全体の絶対君主なのです。
「では、星々はすべて王様に従っているのですか？」

「もちろんだ。従っている。違反は許さん」

『すごい権力だ』と王子さまは驚きました。そして、『もし、ぼくにもこんな権力があったなら、日の入りを見るために自分で何度もいすを動かすことなんてしなくても、1日に日の入りを44回どころか、72回でも、100回でも、200回でも眺めることができるだろう』と思いました。遠くに残してきた星のことを思い出して、王子さまは少し悲しくなりました。だから、思い切って王様に甘えてみることにしました。

「ぼくは日の入りが見たいです。太陽に沈むように命令してもらえませんか？」

「私が長官に対してチョウみたいに花から花へと飛び移れとか、悲劇を書けとか、海鳥になれと命令したとする。すると、その長官は命令を実行できない。それは長官と私とどちらが悪いのだろうか？」

「王様です」

　王子さまははっきりと答えました。

「その通りだ。人にはできることとできないことがある。だから、できることをしてもらわないといけない。筋が

通ってこその権力だ。もし、国民に海に飛び込むよう命令を下したとしたら、国民は革命を起こすだろう。無理な命令をしないからこそ権力があるのだ」
「日の入りを見せてもらえないのですか？」
　王子さまは、何かを聞き始めるとやめないのです。
「日の入りは見せてやろう。命令してやる。だが、都合のいい時まで待て。それが政治のコツだ」
「都合がよくなるのは、いつですか？」
　王子さまは言いました。
「ふむ、ふむ」
　そう言うと、王様は大きなカレンダーをめくりました。
「ええっと……。今日の夕方7時40分ころだ。見ていなさい。私の命令通りになるであろう」
　王子さまは、あくびをしました。夕日が恋しいけれど、まだまだ眺められません。それに、退屈になってきたのです。
「ここでは何もすることがありません。ぼくは、また、旅に出ます」
「行ってはならん」

家来ができて上機嫌になっていた王様は言いました。
「大臣にしてあげよう」
「何の大臣ですか？」
「法務大臣はどうだ」
「裁判が必要な人なんて、どこにもいないじゃないですか？」
「それはわからんぞ。この星をめぐったことがないのだから。年を取ったので馬車で行きたいのだが、それを置くところがないのだ。歩くのは疲れるしな」
「それは困りましたね。でも、拝見したところ……」
　王子さまは身をかがめて、星の向こう側を見てから言いました。
「向こう側にも誰もいませんよ」
　それを聞いて、王様は言いました。
「仕方がないから、おまえはおまえを裁判しなさい。最も難しい裁判だ。他人を裁くよりも、自分で自分を裁くことのほうが難しい。自分をきちんと裁くことができるとしたら、おまえは賢い人間だということだ」
「自分を裁くのはどこででもできます。ここにいなくて

もいいですよ」
「私の星には、年寄りのネズミがいるようだ。夜になると動く音がする。あの年寄りのネズミを裁けばいい。死刑にしたらいいだろう。そうすれば、あのネズミの生死はおまえ次第だ。裁判するたびに、節約のために判決の効力を無効としなさい。ネズミは1匹しかいないのだから」
「ぼくは死刑になんてしたくないです。もう出発します」
「いかん！」
　と王様は言いました。
　王子さまはすでに旅支度を済ませていました。これ以上、年を取った王様をわずらわしたくなかったのです。
「どんなときでも王様らしく振る舞うつもりなら、ぼくに無理のない命令をしてください。すぐに旅に出るように命令してください。それで筋が通ります」
　王様は返事をしませんでした。だから、王子さまはためらっていました。でも、ため息をついてから旅立ちました。それを見た王様は、大声で急いで命令を出しました。
「そなたを大使に命ずる」

王様は偉そうにしました。
　王子さまは『大人って変だなぁ』と旅をしながら思いました。

11

　２番目の星にはうぬぼれ屋が住んでいました。
「ファンが来た」
　王子さまを見るなり、うぬぼれ屋は叫びました。
　うぬぼれ屋によると、世界中の人間はみな、自分のファンだそうです。
「こんにちは。変な帽子だね」
「あいさつするための帽子さ。賞賛してくれる人にあいさつをするためのものだよ。だが、あいにく誰もこっちに来ないんだ」
「そうなの？」
　と王子さまは言いました。でも、相手が何を言っているのかはわかりませんでした。
「手を叩け。拍手をするんだ」

うぬぼれ屋は言いました。
　王子さまが拍手をすると、うぬぼれ屋は帽子を取って、おじぎをしました。
　王子さまは『王様よりもおもしろいな』と思って、また手を叩きました。すると、うぬぼれ屋は帽子を取って、おじぎをしました。
　でも、５分間も拍手をしていると、繰り返しばかりで王子さまは疲れてしまいました。
「その帽子は取らないの？」
　王子さまは聞きましたが、うぬぼれ屋は聞いてなどいません。ほめ言葉以外は、うぬぼれ屋の耳には入らないのです。
「おまえは、本当にオレを尊敬しているかい？」
　うぬぼれ屋は王子さまにたずねました。
「尊敬するって、それはどういうこと？」
「尊敬するっていうことは、この星のなかで、オレがい

ちばんかっこよくて、いちばん立派な服を着ていて、いちばんお金持ちで、いちばん頭がいい人だと思うことだ」
「でも、この星には１人しかいないよ」
「頼むから、オレを尊敬してくれよ」
　王子さまは少し呆れながら言いました。
「ぼく、尊敬するよ。でも、尊敬されることって、そんなに大切なことなの？」
　王子さまはそう言ってから、旅立ちました。
『大人って本当に変な人たちだ』と旅を続けながら思いました。

12

　次の星には、よっぱらいが住んでいました。
　この星には少し滞在しただけでしたが、王子さまはひどく気分が沈みました。
「そこで何をしているの？」
　よっぱらいは、空ビンとお酒がいっぱい入ったビンを前に並べて、じっと黙っています。

よっぱらいは、沈み込んだ顔をして言いました。
「酒を飲んでいるんだよ」
「なぜ、お酒なんて飲むの？」
　と王子さまはたずねました。
「忘れたいことがあるからさ」
　よっぱらいは答えました。
「何を忘れたいの？」

たずねながら、王子さまは同情しました。
　よっぱらいは、下を向いて言いました。
「はずかしいことを忘れるんだ」
「何がはずかしいっていうの？」
　王子さまは相手を勇気づけるつもりで言いました。
　すると、
「酒を飲むのがはずかしいのさ」
　よっぱらいはこう言ったきり黙り込んでしまいました。
　王子さまは困ってしまって、そこから立ち去りました。
『大人って、本当に、本当に変な人たちだ』と旅を続けながら思いました。

13

　４番目の星には、実業家が住んでいました。彼はとっても忙しそうです。王子さまがやってきても頭をあげることもしませんでした。
「こんにちは。タバコの火が消えているよ」

王子さまは言いました。

「3＋2＝5、5＋7＝12、12＋3＝15。こんにちは。15＋7＝22、22＋6＝28。タバコに火をつける時間もないんだよ。26＋5＝31。　ふぅっ。5億162万2731になった」

「5億って、何のこと？」

「まだそこにいたの？　5億100万が何かって、そんなのは知らないよ。 仕事は山ほどあるから。大事な仕事なんだ。おしゃべりしていられないんだよ。2＋5＝7……」

「5億100万って、何のこと？」

　と王子さまは繰り返しました。一度、質問すると返事があるまであきらめません。

　実業家は頭をあげました。

「ここには54年も住んでいるが、仕事の邪魔が入ったのは3回しかないんだ。1回目は22年前にコガネムシがどこからともなく飛んできて落っこちたとき。あまりにもうるさくて足し算を4回も間違えたよ。2度目は11年前にリウマチでつらくて仕方がなかったとき。運

動不足なんだ。散歩する時間もないんだよ。大事な仕事をしているからね。3度目がいま。5億100万だったよなぁ」
「何が5億なの？」
　実業家は、仕事をさせてもらえないということがわかりました。
「空に見える小さなものだよ」
「ハエ？」
「ちがう。キラキラしている小さなもの」
「ハチ？」
「ちがう。金色で、なまけものに夢を見せる小さなもの。わたしは大事な仕事をしているから、夢を見る暇はない

けれどね」

「星のことだね」

「そう。星だよ」

「5億もある星をどうするの？」

「5億162万2731。一所懸命しているから間違っているはずはない」

「その星々をどうするの？」

「どうするかって？」

「うん」

「どうもしないよ。持っているだけさ」

「星を持っているの？」

「そうだよ」

「ぼくは、このまえ、王様に会ったんだけれど……」

「王様は何も所有してはいないよ。支配するのが王様だから。大きな違いがあるんだ」

「星を持っていると、どんな役に立つの？」

「お金持ちになるのに役立つんだよ」

「お金持ちになると、どんないいことがあるの？」

「誰かがほかの星をみつけたときに、その星を買うこと

ができるんだよ」
　王子さまは『この人はよっぱらいと似たようなことを言っているな』と思いました。王子さまは続けました。
「星を自分のものにするには、どうしたらいいの？」
　実業家はムッとして言い返しました。
「星は誰のものなんだい？」
「よくわからないけれど、誰のものでもないよ」
「では、わたしのものさ。わたしがいちばん最初に星の所有を考え出したんだから」
「考えるだけでいいの？」
「そうだよ。誰のものでもないダイアモンドを発見したとしたら、それはあなたのもの。誰のものでもない島を発見したら、それはあなたのもの。誰よりも先に一つの考えを持ったとしたら、特許が取れる。あなたのものになるってことだよ。だから、星はわたしのもの。わたしよりも前に、誰も星を所有するということを考えたりしなかったのだから」
「それはそうだね。でも、その星をどうするの？」
　と王子さまが言いました。

「管理するのさ。いくつあるのか数える。何度もね。難しい仕事だよ。でも、わたしは几帳面だから」
　王子さまは納得できませんでした。
「ぼくはスカーフを持っているから、それを首に巻いて持って行ける。ぼくの花なら、それを摘んで持って行ける。でも、星はどこにも持って行けないよ」
「そうだね。でも、銀行に預けることはできるよ」
「どういうこと？」
「所有する星について紙に書くのさ。それから、その紙を引き出しのなかに入れて、鍵をかけるんだよ」
「それだけ？」
「それだけ！」
　王子さまは『おもしろいな。ポエムみたいだ。でも、大切なことではないなぁ』と思いました。
　王子さまの大切なことは、大人の大切なこととは違っていたのです。
「ぼくは花を持っているから、毎日、水をあげるよ。火山も３つある。だから、週に１度はスス払いをする。休火山のスス払いもするんだ。いつ爆発するか、わからな

いからね。ぼくが火山や花を持っているということは火山や花のために何かをするってことなんだよ。でも、きみは星のために何もしていない」

　実業家は口を開けたものの言葉が見つかりません。王子さまは旅立ちました。
『大人って、本当に奇妙な人たちだな』と旅を続けながら思いました。

14

　5番目の星は、めずらしい星でした。星々のなかで最も小さな星でした。
　そこには街灯とそれを灯す男の人がいて、それだけのスペースしかありませんでした。
　宇宙のなかで、家も住人もいない星で、街灯とそれを灯す男の人が何の役に立つのでしょうか。王子さまがどんなに考えても、それはわかりませんでした。
　だから、王子さまは思いました。
『この人も、どうしようもない人なんだろう。でも、王

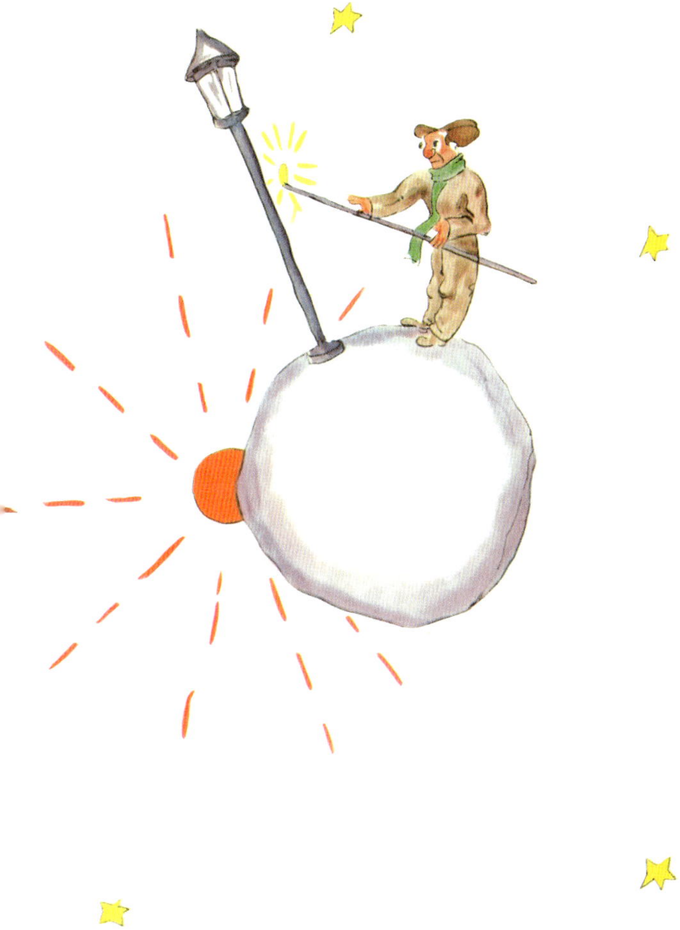

様、うぬぼれ屋、実業家、そして、よっぱらいよりはマシかもしれない。この人の仕事には何か意味があるはずだよ。街灯に火を灯すのは、星をキラキラと輝かせるようなもの。花を咲かせるようなもの。街灯の火を消すと、花も星も眠ってしまう。きれいな仕事だなぁ。きれいで、人の役に立つ仕事だ』

　王子さまは星に到着したとき、街灯を灯す男の人におじぎをしました。
「こんにちは。なぜ、街灯の火を消したの？」
「命令だからだよ。おや、おはよう」
　と男の人は答えました。
「どんな命令なの？」
「街灯の火を消せというものだよ。あ、こんばんは」
　男の人は、また火をつけました。
「どうして、また火を灯したの？」
「命令だからだよ」
　と男の人は答えました。
「よくわからないよ」
　王子さまは言いました。

「わかるも、わからないもないさ。命令は命令なんだ。おや、おはよう」
　男の人は街灯の火を消しました。
　男の人は、赤いギンガムチェックのハンカチでひたいを拭きました。
「とんでもない仕事さ。むかしは、きちんとしていたんだ。朝になると火を消して、夕方になると火を灯す。昼間は休んで、夜は眠った」
「命令が変わったの？」
「命令は変わらない。だから、悲劇的なんだよ。年々、星の回転が速くなっているんだ。命令は変わっていないんだがね」
「だからなの？」
「だからだよ。いま、この星は１分間で回ってしまう。だから、オレは休めないんだよ。１分間に１度のペースで火を灯したり消したりするんだから」
「おかしいよ。１分間が１日だなんて」
「少しもおかしくないさ。オレたちはすでに１ヶ月も話をしているんだ」

「1ヶ月？」
「そうだよ。30分だから、30日だよ。あ、こんばんは」
　男の人は街灯に火を灯しました。
　王子さまは相手の顔を見つめました。一生懸命に命令を守っている男の人を好きになりました。王子さまは、いすの向きを何度も変えて夕日を眺めようとしたことを思い出しました。そして、この男の人の手助けがしたくなりました。
「休みたいときに休む方法を知っているよ」
「オレはいつも休みたいと思っているさ」
　と男の人は言いました。
　人間とは仕事に懸命な一方で、なまけものでもあるのです。
　王子さまは続けました。
「とても小さな星なんだから、3歩も歩けば1周してしまうよ。だから、ゆっくり歩いたら、ずっとお日様を眺めていることができる。休みたくなったら、歩くんだ。そしたら、好きなだけ昼間が続くよ」
「それはあまり役立たないな。オレは眠ることが好きな

んだ」

「そっか、それは困った」

　と王子さまは言いました。

「うん、困った。あっ、おはよう」

　男の人は、また街灯の火を消しました。

　王子さまは旅を続けながら思いました。

『あの男の人は、王様からも、うぬぼれ屋からも、よっぱらいからも、実業家からも軽蔑されるだろうな。でも、滑稽に見えないのは彼だけだ。それは、あの人が自分のことではなく、他のことを考えているからだろうね』

　王子さまはため息をついてから、このように思いました。

『ぼくはあの人と友達になればよかった。でも、彼の星は小さすぎる。2人分の場所がないんだもの』

　王子さまは心に思ったことをありのまま言うことはできませんでした。

　24時間ごとに1440度も夕日で美しく照らされる星のことを懐かしんでいたのです。

15

　6番目の星は10倍も大きな星でした。そこに住んでいるお年寄りは何冊も本を書いていました。
「おっ、探検家だ」
　お年寄りは王子さまを見つけるなり、叫びました。
　王子さまは、テーブルに腰かけると、深呼吸しました。長旅だったのです。
「どこから来たんだい？」
　お年寄りは王子さまに聞きました。
「その大きな本は何なの？　ここで何をしているの？」
　王子さまが聞きました。
「地理学者なんだよ」

お年寄りが答えました。
「地理学者ってなに？」
「海、川、町、山、砂漠、これらがどこにあるのか、そういうことを知っている学者のことだよ」
「それはおもしろいね。
　それこそ、仕事と言えるものだ」
　そう言うと、王子さまは周りを眺めました。こんなにも立派な星を見るのは初めてだったのです。
「この星はきれいだね。ここには海があるの？」
「そんなこと、知らん」
　地理学者は言いました。
「えっ（王子さまはがっかりしました）、山は？」
「知らん」
　地理学者は言いました。
「町や川や砂漠は？」
「それも知らん」
「地理学者なんでしょう？」
「そうだよ。でも、探検家じゃない。探検とは縁がないのさ。地理学者は町、川、山、湖、海、砂漠を数えたり

はしないんだよ。もっと大事な仕事をしているから、探検などしてられないんだ。仕事部屋にこもりっきりさ。探検家が来ると質問をして、話をノートにまとめるんだ。相手の話が面白かったら、地理学者は探検家の言うことが本当なのかを調べるのさ」
「なんで？」
「探検家がうそつきだったら、地理の書物が失敗作になってしまうからだよ。探検家がよっぱらいの場合も同じだね」
「どうして？」
　と王子さまは言いました。
「よっぱらいには、物が２つに見えたりするからさ。地理学者は山が１つしかないところを２つと書いてしまう可能性があるんだよ」
「ぼく、悪い探検家になりそうな人を知っているよ」
「そういう人もいる。だから、地理学者は信用できる探検家を見つけると、その人の言うことを調査するんだ」
「見に行くの？」
「見には行かない。面倒だしな。探検家から証拠を見せてもらうんだよ。たとえば、大きな山を発見したという

なら、大きな石を持ってきてもらうんだ」

　そう言うと、地理学者は目を輝かせました。

「遠いところからやってきたんだったね。探検家だ。星のことを話しておくれ」

　地理学者はノートを開いて、えんぴつを削りました。探検家の話はえんぴつで書いておいて、証拠が出てきたら、インクで書き直すのです。

「どんなだね？」

　地理学者は質問しました。

「ぼくの星のこと？　おもしろいところではないよ。とっても小さな星なんだ。火山が３つあるんだよ。活火山が２つと休火山が１つ。休火山といっても、いつ爆発するかわからないけれどね」

「それはそうだ」

　と地理学者は言いました。

「花もあるよ」

「花のことなんてどうでもいい」

「どうして？　とても美しいのに」

「花ははかないからさ」

「はかない？」

「地理の書物は最も重要な書物だよ。山が場所を移動することも、海の水が乾ききってしまうこともめったにないから、流行り廃りがないんだ。いつまでも変わらないことを書くんだよ」

　王子さまは口をはさみました。
「休火山も活動し始めることがあるよ。はかないって何？」
「火山が活火山だろうと、休火山だろうと、それはどうでもいいことなんだよ。問題は山さ。山は変わることがないからね」
「はかないって何？」

　王子さまは、一度、質問すると答えを聞くまであきらめません。質問を繰り返しました。
「そのうち消えてなくなってしまうっていう意味だよ」
「花はそのうち消えてなくなってしまうの？」
「そうだよ」

　王子さまは『ぼくの花ははかないんだ。身を守るものは４つのトゲしかない。それなのに、ぼくは花を置き去りにしてしまった』と思いました。

王子さまは初めて花のことについて後悔しました。でも、元気を取り戻して、地理学者に聞きました。
「今度は、どの星に行ったらいいかな？」
「地球へ行ってみなさい。なかなか評判のいい星だ」
　と地理学者は答えました。
　王子さまは、置き去りにしてきた花のことを思いながら旅立ちました。

16

　7番目の星は地球でした。

　地球はありきたりな星ではありません。

　111人の王様（もちろん黒人の王様もいます）、7000人の地理学者、90万人の実業家、750万人のよっぱらい、それに3億1100万人のうぬぼれ屋がいました。つまり、かれこれ20億人の大人が住んでいるのです。

　電気が発明されるまでは、46万2511人という軍隊ほどの街灯を灯す人を雇っていなければならなかったのです。それだけで、地球がどれだけ大きな星なのか、おわかりでしょう。

　遠くから見た地球は素晴らしいものでした。街灯が灯るようすはオペラ座のバレエダンサーのように秩序だっていました。はじめに、ニュージーランドとオーストラリアの街灯が灯ります。すると、街灯を灯す人は眠ります。今度は、中国とシベリアで光が踊りはじめます。そ

れから、彼らは舞台裏に消えていきます。次は、アフリカとヨーロッパです。南アフリカから北アメリカといった具合に続くのです。一度も順番を間違えることはありません。素晴らしいの一言です。

　ただ、北極の街灯を灯す人と南極の街灯を灯す人は、何もしないでなまけていました。彼らは、年に2回だけしか仕事をしません。

17

　人は気の利いたことを言うためにウソをつくことがあります。僕は、街灯を灯す人について話すとき、正直ではありませんでした。相手が地球について知らない場合は、地球について間違ったイメージをもたらすかもしれません。地球上で人間が住んでいる場所はほんの少しです。地球に住む20億人が大集会をするとして、列をつめて立ったとしたら長さ20マイル、幅20マイルの広場に収まるのです。太平洋のどんなに小さな島にでも、すべての人間が積み重なって収まるはずです。

大人たちは信じないでしょう。人間は広い場所を占めていると思っているからです。バオバブのように自分を大したものだと思っているのです。大人たちに計算するように勧めてみてください。大人たちは数字が好きだから、喜んでやるでしょう。でも、みなさんは、そんなことをして時間を無駄にしてはいけません。何にもなりませんから。僕を信じてくれますよね。
　王子さまは地球に到着して、誰もいないことにびっくりしました。星を間違えたかと心配していました。すると、月の色をした輪が砂のなかで動いているのを見つけました。
「こんばんは」
　と王子さまは言ってみました。
　すると、
「こんばんは」
　とヘビが言いました。
「ぼく、どの星に来たんだろう？」
　王子さまはたずねました。
「地球だよ。ここはアフリカさ」

ヘビは答えました。
「そっか。では、地球には誰もいないんだね」
「ここは砂漠だからだよ。砂漠には誰もいないんだよ。地球は大きいんだ」
　とヘビは言いました。
　王子さまは石にすわって、空を見上げて言いました。
「星が光っているのは、いつか星に帰ることができるようにするためなのかも知れないなぁ。ぼくの星を見て。ちょうど真上で輝いているよ。でも、なんて遠いんだろう！」
「美しい星だね。こんなところまで、何をしに来たんだい？」
「花との間にいろいろあってね」
　と王子さまは言いました。
「そっか」
　とヘビは言いました。
　そして、ふたりは黙りました。
「人間はどこにいるの？　砂漠って、さみしいね」
　と王子さまは再び口を開きました。
「人間のところにいても、さみしいさ」

とヘビは言いました。
　王子さまは、しばらくヘビを見つめてから言いました。
「きみは変わった動物だね。指みたいに細くて」
「でも、王様の指よりも強いよ」
　ヘビが言いました。
　王子さまは微笑みました。
「きみは強くなんてないよ。足もないじゃないか。旅に出ることもできないよ」
「きみを遠くに運ぶことにかけては、船にも負けやしないさ」
　ヘビはそう言うと、金のアンクレットのように王子さまの足首に巻きつきました。そして、こう言ったのです。
「オレは、相手をふるさとに帰してやるのさ。でも、きみは純粋で、しかも他の星から来たときてるからなぁ」
　王子さまは何も言いません。
「きみのように弱い人が岩だらけの地球にやってくるなんて、かわいそうだ。もし、きみが自分の星が恋しくて帰りたくなったら、オレが助けるよ。それから……」
「わかったよ。でも、きみは謎めいたことばかり言うね」

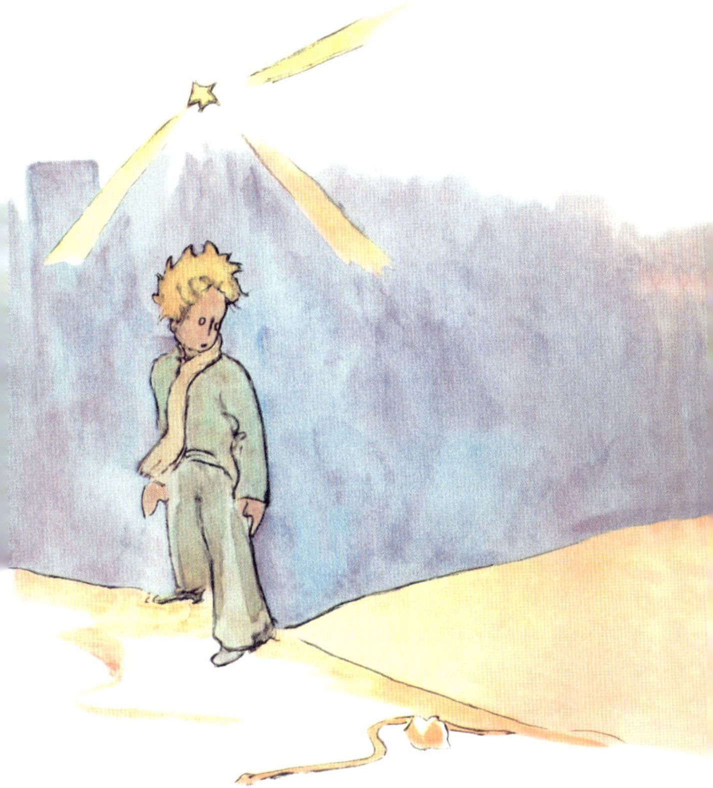

と王子さまは言いました。
「謎は、みんな、オレが解くよ」
　ふたりは、また黙りました。

18

　王子さまは砂漠を横切ったのですが、出会ったのは1輪の花だけでした。花びらが3つの何でもない花でした。
「こんにちは」
　と王子さまは言いました。
「こんにちは」
　と花が言いました。
「人間はどこにいるの？」
　と王子さまはたずねました。
　ある日、花はキャラバンが通るのを見たことがありました。
「人間？　6、7人はいるみたいですね。数年前に見たことがあります。でも、どこで会えるのかはわかりません。風に吹かれて歩き回りますから。根がないから困っ

ているんだと思います」
「さよなら」
　と王子さまが言いました。
「さよなら」
　と花が言いました。

19

　王子さまは高い山に登りました。王子さまが知っていた山はひざたけの３つの火山だけでした。休火山にいたっては、いすとして使っていました。だから、王子さまは『こんなに高い山だったら、この星に住んでいる全員を見ることができるんだろうなぁ』と思いました。ところが、とんがった岩以外何も見えないのです。
「こんにちは」
　と王子さまは何となく言ってみました。
「こんにちは……こんにちは……こんにちは……」
　やまびこが答えます。
「あなたは誰？」
　と王子さまは言いました。
「あなたは誰？　……あなたは誰？　……あなたは誰？　……」
　やまびこが答えます。

「友達になってよ。ぼく、ひとりぼっちなんだ」
　と王子さまが言いました。
「ひとりぼっちなんだ……ひとりぼっちなんだ……ひとりぼっちなんだ……」
　やまびこが答えます。
『変な星だなぁ。かわいていて、とんがっていて、そして、塩からい。それに、人には想像力が欠けているよ。ぼくの言うことをオウム返しにするだけだもの。ぼくの星には花がいた。花はぼくが話しかけなくても話しかけてきたんだけれど…』と王子さまは思いました。

２０

　王子さまは、砂や岩や雪をふみわけて長いこと歩きました。そして、1本の道を見つけました。道は人のいるところに通じています。
「こんにちは」
　と王子さまは言いました。
　その庭にはバラの花が咲きほこっていました。

「こんにちは」
　とバラの花々が言いました。
　王子さまはバラを眺めました。王子さまが置き去りにしてきた花に似ていたからです。
「きみたちは誰？」
　と王子さまは驚いて聞きました。
「バラの花です」
　とバラが答えました。
「そっか」
　そう言うと、王子さまは残念に思いました。遠くに残

してきた花は『自分のような花は世界のどこにもない』と言っていたのです。でも、どうでしょうか。1つの庭にそっくりな花が5000本も咲いているではないですか！

　王子さまは思いました。
『あの花がこの景色を見たら気を悪くしてしまうだろうなぁ。やたらと咳をして笑われないように死んだふりでもするだろう。ぼくは、あの花を介抱するふりをしないといけないだろうね。そうしないと、ぼくを痛めつけるために、本当に死んでしまうだろうから』

　王子さまはこうも考えました。
『ぼくは、世界に1つの花を持っているつもりだった。

でも、どこにでもあるバラの花にすぎなかったんだ。あの花とひざたけの火山が３つ、うち１つはいつまでも活火山にはならないかもしれない。これでは、ぼくは偉い王様にはなれないよ』

　王子さまは、草の上に寝転んで泣いてしまいました。

２１

　そこにキツネがあらわれました。
「こんにちは」
　とキツネが言いました。
「こんにちは」
　と丁寧にあいさつをしてから王子さまは振り返りました。でも、そこには誰もいませんでした。
「ここだよ。リンゴの木の下にいるよ」
　と声がしました。
「きみは誰だい？　とってもきれいだね」
　と王子さまが言いました。
「ぼくはキツネだよ」

とキツネが言いました。
「ぼくと一緒に遊ぼうよ。ぼくは本当に悲しいんだ」
　王子さまはキツネに言いました。
「ぼくはきみと遊ばないよ。仲良くなっていないからね」
　キツネが言いました。
「そっか、ごめんね」
　と王子さまが言いました。
　少し考えてから、王子さまは言いました。
「仲良くなるって、どういう意味なの？」
「きみはここの人ではないんだね。何を探しているんだい？」
「人間を探しているんだよ。仲良くなるって、どういう意味？」
「人間は銃を持って狩りをする。本当に困ったものだよ。ニワトリも飼っているみたいだけれど、人間は他には興味がないみたいだ。きみはニワトリを探しているのかい？」
「ちがうよ。友達を探しているんだ。仲良くなるって、どういう意味なの？」

「忘れられていることだけれど、きずなを作るってことだよ」

「きずなを作る？」

「そうだよ。ぼくの目から見ると、きみはまだ 10 万もいるほかの男の子と何らかわらない。ぼくはきみが必要とは言えない。きみも、ぼくが必要だとは言えないね。きみの目から見ても、ぼくはまだ 10 万もいるほかのキツネと何らかわらないからだよ。でも、きみがぼくと仲良くなったとしたら、ぼくたちはお互いが必要になる。きみはぼくにとって、この世でたった一人の人になるし、

ぼくはきみにとって、かけがえのない相手になるんだ」
　とキツネが言いました。
「話がわかってきたよ。花が1つあったんだ。その花はぼくと仲良くなりたかったみたいだけれど……」
　と王子さまが言いました。
「そうかもしれないね。地球ではいろんなことが起きるから」
　とキツネが言いました。
「地球での話ではないよ」
　王子さまは言いました。
　キツネは王子さまの話に興味津々です。
「ほかの星？」
「うん」

「その星には狩人がいるのかい？」
「いないよ」
「それはいいね。ニワトリはいるのかい？」
「いないよ」

「思い通りにはいかないものだなぁ」
　キツネはため息をつきました。
　キツネは話をもとに戻しました。
「毎日、同じことの繰り返しだよ。ニワトリを追いかけると、人間がぼくを追いかけてくる。ニワトリも、人間も、似たようなのばかり。ぼくは少しばかり退屈なんだ。でも、きみがぼくと仲良くなってくれたら、ぼくの生活は太陽に包まれたようになる。全く違った足音が聞こえるんだからね。ほかの足音だったら、ぼくは巣穴に隠れるよ。でも、きみの足音がしたら、ぼくは音楽でも聴くように巣穴から出てくる。あれをごらん！　向こうに見える麦畑だよ。ぼくはパンを食べない。ぼくにとって麦は何でもないものなんだ。麦畑を見ても何も感じない。それどころか、悲しくなるんだ。それにしても、きみの金髪は美しいね。ぼくと仲良くなってよ。ぼくは麦畑を素晴らしいものだと思うようになるよ。金色の麦を見るたびに、きみのことを思い出すからね。麦畑を吹き抜ける風の音すら、ぼくは好きになるよ」
　キツネは黙って、王子さまの顔を見つめていました。

「ぼくと仲良くなってよ」
　キツネが言いました。
「ぼくも仲良くなりたいよ。でも、あんまり時間がないんだ。友達を見つけないといけないし、ほかにも知らなければならないことがたくさんあるんだ」
「仲良くならないと何も理解できないよ。人間は、もう何も理解することはできないよ。時間がないんだ。商人のお店で物を買っているけれど、友達という商品なんて売っていないからね。だから、人間はいまや友達なんて持っていないよ。きみが友達が欲しいなら、ぼくと仲良くなってよ」
「どうすればいいの？」
　王子さまが言いました。
「我慢することが大切だよ。最初は、ぼくから離れて草むらに座るんだ。すると、ぼくはきみをチラッと横目で見る。きみは何も言わない。言葉は誤解のもとだからね。日に日に、きみはぼくの近くに座るようにするんだ」
　次の日、王子さまは、またキツネのところにやってきました。

キツネは言いました。
「いつも同じ時間に来るといいよ。きみが４時に来るとしたら、ぼくは３時にはうれしくなる。時間が経つにしたがって、ぼくはうれしさが増すんだ。４時になるとソワソワするよ。幸せな気持ちになるんだ。いつ来るかわからないんだったら、ぼくはいつきみを待ったらいいのかわからない。ルールが必要なんだ」
「ルールって何？」
　王子さまが聞きました。
「いいかげんに扱われているものだよ」
　キツネは言いました。
「ルールがあればこそ、その日が他の日と違ってくるし、その時間がほかの時間と違ってくるんだ。ぼくを追いかける狩人にもルールがある。木曜日には狩人は村の娘と踊るんだ。だから、木曜日はぼくにとっては、いい日なんだよ。その日になると、ぼくはぶどう畑まで出かけるんだ。でも、狩人がいつ踊るのかわからないなら、どの日も同じになってしまう。休日はなくなってしまうんだ」
　王子さまはキツネと話をしているうちに、どんどん仲

良くなっていきました。別れのときが近付いていました。
　キツネは言いました。
「ぼく、泣いちゃうよ」
「それはきみのせいだよ。ぼくはきみを傷つけようなんて思っていなかったもの。きみがぼくと仲良くしたがったんだよ」
「そうだよ」

キツネが言いました。
「でも、きみは泣いちゃうんだ！」
　と王子さまが言いました。
「そうだよ」
　とキツネが言いました。
「きみは何も得なかったじゃないか！」
「麦畑の色を手に入れたよ」
　キツネは言い足しました。
「もう一度、バラの花を見に行ってごらん。きみの花が世界に1つしかないってことがわかるから。その後で、きみが『さよなら』と言うためにここへ来るとき、ぼくはきみに秘密のプレゼントをするよ」
　王子さまは、もう一度、バラの花を見に行きました。そして、こう言ったのです。
「きみたちは、ぼくのバラの花とは全く違う。誰もきみたちと仲良くなろうとしなかったし、きみたちも誰とも仲良くしようとしなかったんだから。初めて出会ったときのキツネと同じさ。あのキツネもはじめは10万もいるほかのキツネと同じだった。でも、友達になったいま

は、あのキツネは世界にたった1匹のキツネなんだ」

　そう言われたバラの花は困惑してしまいました。
「きみたちは美しいけれど、ぼくにとっては価値がないんだ。きみたちのために死ぬことはできないよ。ぼくのバラの花もほかの人にとってみたら、きみたちのようなバラの花と何らかわりないだろうね。でも、ぼくにとっては、きみたちよりも、あのバラの花がはるかに大切なんだ。ぼくが水をかけた花だから。覆いガラスをした花だから。風に当たらないようにと、ついたてを立てた花なんだから。1つ2つはチョウになるように取らなかったけれど、花を守るためにケムシを取ってやった花なんだからね。グチも聞いたし、自慢話も聞いた、黙っているときは耳を澄ました、そんな花なんだからね。ぼくのバラなんだよ」

　バラの花々にこう言ってから、王子さまはキツネのもとに戻りました。
「さよなら」
　王子さまは言いました。
「さよなら」

キツネが言いました。
「秘密を教えるよ。とてもシンプルなことなんだ。心で見るんだよ。大切なことは目には見えないんだ」
「大切なことは目には見えない」
　と王子さまは忘れてしまわないように繰り返しました。
「きみが、きみのバラの花をとても大切に思うのは、そのバラの花のために時間をかけたからだよ」
「ぼくが、ぼくのバラの花をとても大切に思うのは……」
　王子さまは忘れてしまわないように繰り返しました。
「人間は真実を忘れてしまっているんだ。でも、きみは忘れてはダメだよ。仲良くなった相手には責任があるんだ。きみはバラの花に対して責任があるよ」
　とキツネは言いました。
「ぼくはバラの花に対して責任がある」

22

「こんにちは」
　と王子さまが言いました。
「こんにちは」
　と鉄道のテンテツ手が言いました。
「ここで何をしているの?」
　と王子さまは言いました。
「旅人を1000人ずつ分けているんだよ。わたしの送り出す汽車が、旅人を右に運んだり左に運んだりするんだ」
　とテンテツ手は言いました。
　そこに、明かりをつけた特急電車がカミナリのように走ってきて、テンテツ手が仕事をする小屋を震わせました。
「みんな、忙しそうだね。あの人たちは何を探しているんだろう?」
　と王子さまは言いました。

「機関車に乗っている人もわからないんだよ」
　明かりをつけた特急電車が猛スピードで反対の方向に走って行きました。
「もう、戻ってきたの？」
　王子さまが聞きました。
「同じお客さんではないよ。すれ違ったんだ」
　テンテツ手が言いました。
「自分の居場所が気に入らなかったの？」
「人間は自分の居場所が気に入ることなんてないんだよ」
　テンテツ手は言いました。
　すると、明かりをつけた３番目の特急電車が猛スピードで音をたてて通り抜けました。
「最初に通り抜けた旅人を追いかけているのかな？」
　王子さまが聞きました。
　テンテツ手は、
「追いかけてなんていないさ。汽車のなかで眠っているか、そうでないなら、あくびでもしているんだよ。子どもだけが、鼻の頭を窓にくっつけているんだ」

と言いました。
「子どもだけが何が欲しいのかを知っているんだね。ぬいぐるみに時間をかけて、とても大切にしているんだ。ぬいぐるみを取り上げられでもしたら、泣いてしまうよ」
と王子さまは言いました。
テンテツ手は、
「子どもたちは幸せだなぁ」
と言いました。

23

「こんにちは」
と王子さまが言いました。
「こんにちは」
と商人が言いました。
その商人は、のどの渇きが治る素晴らしい薬を売っていました。1週間に1粒飲むと、のどが渇かなくなるそうです。
「どうして、それを売っているの？」

と王子さまが聞きました。

商人は、

「時間の節約になるからだよ。専門家が計算したんだ。1週間で53分間もの節約になるんだよ」

と答えました。

「その53分間で何をするの？」

「したいことをするんだよ」

王子さまは『ぼくに53分の自由時間があったなら、泉のほうにゆっくり歩くんだけどなぁ』と思いました。

24

　飛行機が砂漠で故障してから8日目でした。1口分しか残っていない水を飲みながら、薬の商人の話を聞いた僕は王子さまに言いました。
「きみの思い出は美しいね。でも、飛行機の修理ができていないんだ。それに飲み水がもうないんだよ。僕も泉にむかって、ゆっくり歩いて行けたらいいなぁ」
「ぼくの友達のキツネが……」
　と王子さまが僕に言いました。
「キツネどころの話ではないんだよ」
「なぜ？」
「のどが渇いて死にそうなんだ」
　王子さまは僕の言うことがわからないようで、こう答えました。
「死にそうだとしても、友達がいるっていうのはいいことだよ。ぼくはキツネと友達になれて本当にうれしいん

だ」
　僕は『この男の子は危機に気付いていないんだ。お腹がすいて仕方がないということも、のどが渇いて仕方がないということも経験したことがないんだ。ほんの少し光が差していれば満足なんだ』と思いました。
　王子さまが僕を見つめて、思いを受け取ったかのように言いました。
「ぼくものどがかわいたから、井戸を探そうよ」
　僕はなげやりな態度になりました。広大な砂漠のなかで井戸を探すのはバカげたことだからです。でも、僕たちは歩き始めました。
　何時間も黙って歩いていると、日が暮れてきました。星が輝き始めました。のどが渇いて熱があったので、夢でも見ているかのように輝く星々を眺めていました。王子さまの言葉が、僕の記憶のなかで踊っていました。
「きみものどがかわいているの？」
　と王子さまに聞きました。
　王子さまは答えませんでした。その代わり、こう言いました。

「水は心にも、いいものだね」

　王子さまが言ったことを僕は理解できませんでした。でも、僕は黙っていました。王子さまに質問すべきでないことがわかっていたからです。

　王子さまは疲れていました。座ってしまいました。僕はすぐ側に座りました。王子さまがしばらく黙ってから、このように言いました。

「星があんなにきれいなのは、目には見えない花があるからだよ」

「そうだね」

　と僕は言いました。

　それから、何も言わないで砂が月の光に照らされるのを眺めていました。

「砂漠は美しいね」

　王子さまは言いました。

　本当にその通りです。僕は砂漠が好きでした。砂の山にすわっても、何も見えません。何も聞こえません。でも、ひっそりと何かが輝いているのです。

「砂漠が美しいのは、どこかに井戸がかくれているから

だよ」

　と王子さまが言いました。

　僕は砂が輝く理由がわかって驚きました。子供のころに住んでいた古い家には宝物が埋められているという言い伝えがありました。もちろん、まだ誰もその宝物を見つけた人はいません。それを探そうとした人もいませんでした。でも、その宝物のおかげで、家が美しい魔法にでもかかっているようでした。僕の家は秘密を持っていたのです。

「そうだよ。家も、星も、砂漠も、その美しさは、目には見えないんだ」

　僕は王子さまに言いました。

「うれしいよ。きみは、ぼくのキツネと同じことを言うんだね」

　と王子さまは言いました。

　王子さまが眠り始めたから、僕は両腕で抱いて歩き始めました。僕の心は揺れ動いていました。壊れやすい宝物を抱きしめているかのようでした。地球上で、これ以上に壊れやすいものはないとすら感じられました。月

の光に照らされた王子さまの青白い顔、閉じている目、風になびいているふさふさの髪の毛を見つめていました。そして、『目の前に見えているのは人間の外見だけだ。本当に大切なものは目には見えないんだ』と思いました。

　王子さまの口が少し開いて、微笑みに見えます。僕はこう思いました。
『王子さまの寝顔を見ていると感動する。それは、王子さまが花のことを忘れずにいるからだ。眠っている間も、バラの花が王子さまの心のなかでキラキラと光り輝いているからだ』

　すると、ますます王子さまが壊れやすいもののように思えてきました。心のランプは大切にしなければなりません。風が吹いただけで、明かりは消えてしまうのですから。

　考えながら歩いているうちに朝になって、僕は井戸を見つけていました。

25

　王子さまは言いました。
「誰もが特急電車に乗っているけれど、何を探しているのかすら、わからなくなっているよ。だから、忙しそうに堂々巡りをしているんだ」
　王子さまは続けました。
「そんな必要はないのにね」
　僕が行き着いた井戸はサハラ砂漠の井戸とは思えませんでした。サハラ砂漠の井戸は、砂地に穴が掘られただけのものです。僕たちが発見した井戸は、村の井戸のようでした。でも、村はありません。僕は夢だと思いました。
「変だなぁ。全部、用意してある。滑車も、バケツも、ロープもある」
　僕は王子さまに言いました。
　王子さまは笑いました。そして、滑車を動かし始めました。滑車はうめき声をあげるように音を立てました。

ずいぶん長い間、風に吹かれずにいた風見鶏が動くようなものです。
「聞こえる？　目覚めた井戸が歌っているよ」
　僕は王子さまに苦労をかけたくなかったから、
「僕が汲み上げるよ。君には重すぎるからね」
と言いました。
　僕はゆっくりと、バケツを井戸の縁まで引き上げてから、それを置きました。僕には滑車の歌声がずっと聴こえていました。井戸水はゆらいで、光り輝いていました。
「ぼく、その水が欲しい。飲ませて……」
　僕は王子さまが何を欲しているのか、それがわかっていました。
　僕はバケツを王子さまの口元に持っていきました。王子さまは、目を閉じて水を飲みました。お祝いのように愛が込もっていたのです。それは食べ物ではありませんでした。星空の下を歩いたあとで、滑車がきしるのを聞きながら僕が力を込めて汲み上げた、そんな水でした。だから、プレゼントのように心温まるものだったのです。子供のころのクリスマスプレゼントと同じでした。クリ

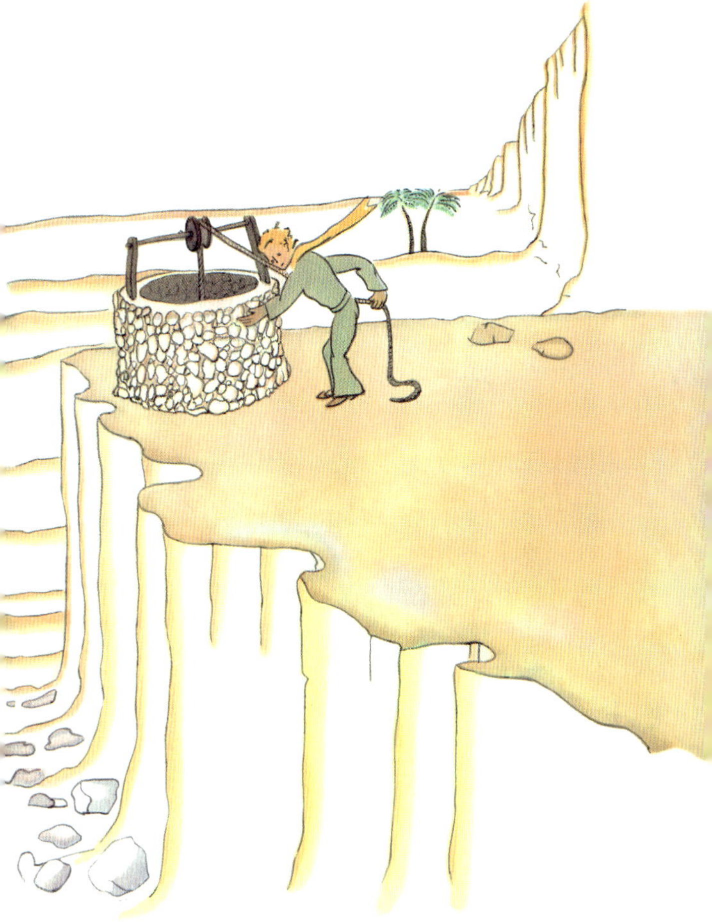

スマスツリーには明かりがついていて、夜中のミサの音楽が聴こえて、みんな笑顔で、すべてが輝いていたのです。
「きみが住んでいるところの人たちは、自分の庭で5000ものバラの花を咲かせているけれど、自分たちが何を求めているのか、それがわからずにいるんだね」
　王子さまが言いました。
「そうだよ、わからないんだ」
　僕は言いました。
「でも、その何かは、たった1つのバラの花にだって、ほんの少しの水のなかにだってあるんだ」
「そうだね」
　と僕は答えました。
　　すると、王子さまが続けました。
「目には見えないんだよ。心で探さないといけないんだ」
　僕は水を飲んで、何だかホッとしました。夜明けの砂は蜜のような色になります。その蜜の色のように幸せでした。苦痛など、どこにもありませんでした。
「きみは約束を守らないといけないね」

と静かに言ってから、王子さまは僕の側にすわりました。
「約束？」
「ヒツジの口輪のことだよ。ぼくは花を放っておくわけにはいかないんだ」
　僕はポケットから、いろいろな絵を出しました。王子さまはそれを見るなり、笑いながら言いました。
「きみの描いたバオバブは、なんだかキャベツのようだね」
「えっ！」
　僕はバオバブの絵は上出来だと思っていたのです！
「これはキツネだね。この耳は角みたいだ。少し長過ぎるよ」
　王子さまは、また笑いました。
「ひどいよ。僕はウワバミの内側と外側以外は何にも描けなかったんだからね」
「それで十分だよ。子どもにはわかるから」
　僕は、えんぴつで口輪を描きました。それを王子さまに渡すとき、胸がいっぱいになりました。

「君には、僕の知らない計画があるんだね」
　王子さまは答えませんでした。そして、こう言いました。
「ぼくが地球に着いてから、明日で1年なんだ」
　そう言うと、しばらく黙ってから、こう言いました。
「この近くに降りてきたんだ」
　王子さまは顔を真っ赤にしました。
　どうしてだかわからないけれど、僕は悲しくなりました。王子さまに聞きたいことがありました。
「8日前に出会ったとき、きみは人里から1000マイルも離れたところを一人で歩いていたね。行き当たりばったりにそうやっていたわけではなかったんだね。降りてきたところへ向かっていたんだね？」
　また、王子さまは顔を真っ赤にしました。
　僕は口ごもりながら続けました。
「ちょうど1年が過ぎるからかい？」
　また、王子さまは顔を真っ赤にしました。王子さまは質問に答えたことがなかったのです。王子さまが顔を真っ赤にするのは「そうだよ」という意味ではないで

しょうか。
「ぼく、こわいよ」
　でも、王子さまはこのように続けました。
「仕事をしないといけないよ。飛行機のところへ行くんだ。ぼくは、ここで待っているからね。明日の夕方に来て」
　僕は落ち着きませんでした。キツネのことを思い出しました。誰かと仲良しになると、人は泣きたくなるのかもしれません。

26

　井戸の側には、古い壊れかけの石垣がありました。次の日の夕方に、僕が仕事から帰ってくるとき、遠くからでも王子さまがこの石垣に腰かけているのがわかりました。そのときに、こう聞こえました。
「覚えていないの？　ここではないよ」
　返事があったのでしょう。王子さまは言いました。
「そうそう、そうなんだよ。今日なんだ。でも、ここではないよ」

僕は石垣に向かって歩きました。石垣に近付いても、誰もいないうえに誰の声も聞こえません。そのとき、王子さまが言いました。
「そうだよ。ぼくの足跡が砂のどこから始まっているのかを見て。そして、そこで待っていて。今夜、行くから」
　僕は石垣から20メートルほど離れたところにいました。でも、やはり何も見えません。王子さまは、しばらく黙ってから言いました。
「猛毒を持っているんだね。ぼくは、長い間、苦しむ必要はないんだよね？」
　僕は胸が張り裂けそうになって立ち止まりました。でも、それがどういう意味なのかはわかりませんでした。
「もう向こうへ行って。石垣から降りたいんだ！」
　僕は石垣の下を見て、飛び上がりました。そこには、30秒で人を殺してしまう猛毒を持った黄色いヘビがいて、そのヘビが王子さまに頭を向けていたからです。ピストルを取り出そうとポケットを探りながら、王子さまのほうに走り出しました。でも、ヘビは僕の足音を聞いたとたんに、噴水の水が出なくなるときのように砂のな

かに消えてしまいました。それから、今度は急いだようすもなく金属を引きずるような音をさせながら石と石の間に入り込みました。石垣のところへたどり着いたときに、そこから降りてくる王子さまを両腕で抱きとめました。王子さまの顔は雪のように真っ白でした。
「どうしたの？　ヘビと話をするなんて！」
　僕は王子さまがいつも巻いているスカーフをほどきました。それから、こめかみを湿らせて水を飲ませました。僕は王子さまに質問する勇気はありませんでした。真剣に僕を見つめていた王子さまは、ふいに僕の首に両腕をまわしました。王子さまの心臓は、銃で撃たれて死にかけている鳥のようでした。王子さまは、こう言いました。
「故障の原因がわかってよかったね。これで、きみは帰れるよ」
「どうして、それを知ってるの？」
　僕は『絶望的だ』と思っていたことが上手くいったので、それを王子さまに知らせたくて来たところでした。
　王子さまは僕の質問には答えずに続けました。
「ぼくも、今日、家に帰るんだよ」

悲しそうです。
「きみのところよりずっと遠いんだ。きみよりずっと大変なんだよ」
　よほどのことが起きているのでしょう。僕は小さな子供を抱くように王子さまを抱きしめました。でも、王子さまは真っ逆さまに抜け落ちて僕はそれを受け止められない、そんな気持ちになりました。
　王子さまは、遠くで迷子になったかのような目をしていました。
「ぼくは、きみが描いてくれたヒツジを持っているよ。ヒツジを入れる箱も、それに口輪もね」
　王子さまは怖かったのです。間違いありません。でも、王子さまは静かに微笑んでいます。
「今夜、ぼくは、もっと怖い思いをするんだ」
　取り返しのつかないことが起こるような気がして、僕は胸騒ぎがしていました。王子さまの笑い声が二度と聞けない、それだけでも耐えられないと思いました。僕にとっては、王子さまの笑い声は砂漠のなかの泉だったのです。

「僕はきみの笑い声をもっと聞いていたいんだ」
「今夜で1年だよ。今夜、ぼくの星が、着陸した場所のちょうど真上に来るんだ」
　王子さまは僕に言いました。
「ヘビも、待ち合わせも、星の話も、ただの悪夢だよね？」
　王子さまは答えませんでした。
「大切なことは、目には見えないんだ」
「そうだね」
「花も同じだよ。きみが星にある花のことが好きだったら、夜空を見上げることが喜びになるよ。どの星も花でいっぱいだからね」
「そうだね」
「水も同じだよ。きみがぼくに飲ませてくれたのは、滑車とロープで汲み上げた音楽のような水だったね。とてもおいしかった」
「そうだね」
「夜になったら、星を見上げてよ。ぼくの星はとても小さくて、きみにぼくの星を見せることはできないんだ。でも、そのほうがいいんだ。星々のどれか1つ、そう思

うと星を見上げるのが好きになるはずだよ。すべての星がきみの友達になるんだ。それから、きみにプレゼントをあげるよ」
　王子さまは、また笑いました。
「僕はきみのその笑い声が好きなんだよ」
「これがぼくからのプレゼントだよ。水と同じさ」
「どういうこと？」
「人間は、同じように星を見上げているわけではないね。旅人からすれば星は案内人。ちっぽけな光にすぎないと思っている人もいる。学者の目から見ると、星は難しい問題だね。ぼくの出会った実業家は星を財産だと思っていたよ。でも、星々は黙っている。きみにとっては、星は全く違うものになるんだ」
「どういうこと？」
「ぼくは、あの星のなかの1つに暮らしている。その星で笑っているんだ。だから、きみにとって星はみんな笑っているように見えるだろうね。きみは笑っている星々を見上げるんだ」
　王子さまは笑いました。

「(立ち直るから) 悲しみは長続きしないけれど、もし、きみが悲しくなったら、ぼくと出会ってよかったと思うだろうね。きみはぼくの友達だからね。ぼくと一緒に笑いたくなるはずだよ。気晴らしに、ときどき部屋の窓を開けてみて。きみの友達は、きみが夜空を見上げながら笑っているのを見て驚くだろうね。きみは友達に『そうなんだ。僕は星を見上げると笑いたくなるんだ』と言うんだ。友達はきみがおかしくなったんじゃないかと思うかもしれないね。ぼくはきみに悪いことをしたかもしれないなぁ」

王子さまは、また笑いました。
「ぼくは星ではなく、笑いの鈴をいっぱいプレゼントしたみたいなものだからね」

王子さまは、また笑いました。でも、やがて真剣に言いました。
「今夜は、ここに来てはいけないよ」
「きみのそばを離れないよ」
「病人のようになると思う。死んでいるみたいだと思う。こんなふうに。だから、そんな様子を見に来ても仕方が

ないよ」
「きみのそばを離れないよ」
　王子さまは心配そうです。
「ぼくがこう言うのは、ヘビのことがあるからだよ。ヘビは意地悪だからね。おもしろがって、噛み付くかもしれないよ」
「きみのそばを離れないよ」
「そうだった。２度目に噛み付くときには、ヘビの毒はすでにないんだった」
　王子さまは、安心したように言いました。

その夜に王子さまが出かけて行くのに、僕は気付きませんでした。王子さまは、足音一つ立てずに出発しました。急いであとを追いかけて王子さまに追いついたのですが、王子さまは決意したようすで早足で歩いていきました。こう言ったきりでした。
「きみはそこにいたんだね」
　王子さまは、僕の手を握りました。悩んでいるようでした。
「ダメだよ。つらい思いをするよ。死んでいるみたいになるけれど、それは本当ではないからね」
　僕は黙っていました。
「遠すぎるんだよ。重すぎるから、この身体を持って行くことができないんだ」
　僕は黙っていました。
「その辺にある古い抜け殻と同じだよ。悲しくはないさ。抜け殻なんだから」
　僕は黙っていました。
　王子さまは少し気持ちが沈んだようでした。でも、がんばっていました。

「すてきなことだよ。ぼくも星を見上げるから。星々はさびついた滑車が付いた井戸さ。ぼくにいくらでも水を飲ませてくれるんだ」

僕は黙っていました。

「おもしろいだろうなぁ。きみは５億もの鈴を持つし、ぼくは５億もの泉を持つんだから」

王子さまは黙りました。泣いたのです。

「ここだよ。１人で行かせて」

王子さまは座り込みました。怖かったのです。

王子さまは言いました。

「ぼくは花に対して責任があるんだ。本当に弱い花なんだよ。純粋な花なんだよ。世界から身を守るのに４つのトゲしか持っていないんだ」

僕もそこに座りました。立っていられなかったのです。

王子さまは言いました。
「話すことは、これで全部だよ」
　王子さまはためらっていましたが、やがて、立ち上がりました。そして、歩き出しました。僕は動くことができませんでした。
　王子さまの足下で黄色いヘビが光っていました。王子さまはピクリともしませんでした。叫ぶこともありませんでした。木が倒れるように、王子さまは静かに倒れました。砂しかなかったから、音もしませんでした。

27

　もう６年も前のことです。僕はこの話をまだ誰にもしていません。その後、僕の友人たちは僕が生きていたことを喜んでくれました。僕は悲しかったのですが、友達には「疲れたよ」と言いました。

　完全にではないけれど、だいぶ立ち直りました。王子さまは自分の星に帰ったのです。夜明けに王子さまの身体はどこにもなかったのですから。王子さまの身体は重くはありませんでした。僕は夜空の星々に耳を傾けるのが好きです。５億もの鈴が鳴り響いているかのようです。

　でも、大変なことになりました。僕は王子さまにヒツジの口輪を描いたのですが、革ひもを描くのを忘れてしまいました。だから、王子さまはヒツジに口輪をすることはできなかったでしょう。『王子さまの星で何か起きていないだろうか。ヒツジが花を食べてしまったかもしれない』と考えてしまいます。

でも、こうも思うのです。『そんなことはない。ヒツジが花を食べてしまわないように、王子さまは夜になると花に覆いガラスを被せるから』。こう思うと、僕はしあわせな気持ちになります。星々も優しく微笑むのです。

　しかし、『一度でも、うっかり忘れてしまったら終わりだよ。王子さまが覆いガラスを被せることを忘れて、夜にヒツジがそっと外へ出たら』とも思うのです。そんなことが起きたら、鈴はすべて涙に変わってしまいます。

　不思議なものです。僕のように王子さまを愛しているみなさんにとっては、どこかにいるヒツジがバラの花を食べたかどうかで、世界が違ってしまうのですから。

　空を見上げてください。『ヒツジはバラの花を食べたのだろうか？　食べなかったのだろうか？』と考えてみてください。それによって、すべてが変わってしまうのです。

　それがどんなに大切なことなのか、大人には決してわかりません。

これは、僕にとって世界で最も美しく、最も悲しい景色です。前のページにあるけれど、よく見てもらいたくて、もう一度、描きました。王子さまが到着して、そして旅立ったのがここなのです。
　もし、アフリカの砂漠に行くことがあったら、ここがわかるように絵をよく見ておいてください。ここを通ることがあったら、足早に通り過ぎないでください。星が頭上に来るのを待ってください。もし、あなたの側に来て笑っている男の子が金髪で、何を質問しても黙っているようなら、王子さまだと察しがつくでしょう。親切にしてください。僕を悲しませないでください。『王子さまが戻ってきたよ』と、すぐに手紙で知らせてください。

文芸社文庫

Le Petit Prince〈原題版〉

2013年9月15日 初版第1刷発行

著　者	サン=テグジュペリ
訳　者	内藤 あいさ
発 行 者	瓜谷 綱延
発 行 所	株式会社文芸社

〒160-0022 東京都新宿区新宿1-10-1
電話　03-5369-3060（編集）
　　　03-5369-2299（販売）

印 刷 所　図書印刷株式会社
装 幀 者　三村淳

©Aisa Naito 2013 Printed in Japan
乱丁本・落丁本はお手数ですが小社販売部宛にお送りください。送料小社負担にてお取り替えいたします。
ISBN978-4-286-14519-8